Hansel şi Gretel

Hansel and Gretel

Retold by Manju Gregory

Illustrated by Jago

Romanian translation by Gabriela de Herbay

A fost o dată ca niciodată, cu mult timp în urmă, un pădurar sărac care locuia cu nevasta şi cei doi copii a săi. Pe băiat îl chema Hansel şi pe sora lui o chema Gretel.

În aceea vreme se răspândise o foamete mare şi teribilă prin toată țara. Într-o seară tatăl se întoarse către nevasta lui şi oftă, „Abia mai este destulă pâine ca să ne hrănim."

„Ascultă-mă," spuse nevasta lui. „O să ducem copii în pădure şi o să-i lăsăm acolo. O să se descurce ei."

„Dar pot fi sfâşiaţi de către animalele sălbatice!" urlă el.

„Vrei ca să murim cu toţii?" spuse ea. Şi nevasta omului continuă să tot zică, să zică şi să zică până a fost şi el de acord.

Once upon a time, long ago, there lived a poor woodcutter with his wife and two children. The boy's name was Hansel and his sister's, Gretel. At this time a great and terrible famine had spread throughout the land. One evening the father turned to his wife and sighed, "There is scarcely enough bread to feed us."

"Listen to me," said his wife. "We will take the children into the wood and leave them there. They can take care of themselves."

"But they could be torn apart by wild beasts!" he cried.
"Do you want us all to die?" she said. And the man's wife went on and on and on, until he agreed.

Cei doi copii erau în pat treji, fără stare şi slăbiți de foame.
Au auzit fiecare cuvânt, şi Gretel a plâns cu lacrimi amare.
„Nu te îngrijora," spuse Hansel, „Cred că ştiu cum ne putem salva."
Tiptil ieşi în grădină. Pe potecă, pietricele albe luminoase străluceau, la lumina lunii,
ca nişte monede de argint. Hansel îşi umplu buzunarele cu pietricele şi se întoarse
la sora lui, să o aline.

The two children lay awake, restless and weak with hunger.
They had heard every word, and Gretel wept bitter tears.
"Don't worry," said Hansel, "I think I know how we can save ourselves."
He tiptoed out into the garden. Under the light of the moon, bright white pebbles shone like
silver coins on the pathway. Hansel filled his pockets with pebbles and returned to comfort
his sister.

A doua zi dimineață devreme, înainte chiar să răsară soarele, mama i-a zgâlțâit pe Hansel și Gretel ca să se trezească.

„Sculați-vă, mergem la pădure. Uite aici, o bucată de pâine pentru fiecare, dar să nu o mâncați dintr-o dată pe toată.“

Au pornit-o împreună cu toții. Hansel se tot oprea din când în când și se uita înapoi spre casa lui.

„Ce faci?“ strigă tata lui.

„Doar îi fac cu mâna pisicuței mele albe care stă pe acoperiș.“

„Prostii!“ răspunse mama lui. „Spune adevărul. Ăla e soarele de dimineață care strălucește pe hornul casei.“

De-a lungul potecii, pe furiș, Hansel scăpa pietricele albe.

Early next morning, even before sunrise, the mother shook Hansel and Gretel awake.

"Get up, we are going into the wood. Here's a piece of bread for each of you, but don't eat it all at once."

They all set off together. Hansel stopped every now and then and looked back towards his home.

"What are you doing?" shouted his father.

"Only waving goodbye to my little white cat who sits on the roof."

"Rubbish!" replied his mother. "Speak the truth. That is the morning sun shining on the chimney pot."

Secretly Hansel was dropping white pebbles along the pathway.

Au ajuns în adâncurile pădurii unde părinții i-au ajutat pe copii să facă focul.

„Dormiți aici în timp ce flăcările ard vioi,“ spuse mama lor.

„Și neapărat să ne așteptați până venim să vă luăm.“

Hansel și Gretel s-au așezat lângă foc și și-au mâncat bucățile cele mici de pâine. Curând au adormit.

They reached the deep depths of the wood where the parents helped the children to build a fire.

"Sleep here as the flames burn bright," said their mother. "And make sure you wait until we come to fetch you."

Hansel and Gretel sat by the fire and ate their little pieces of bread. Soon they fell asleep.

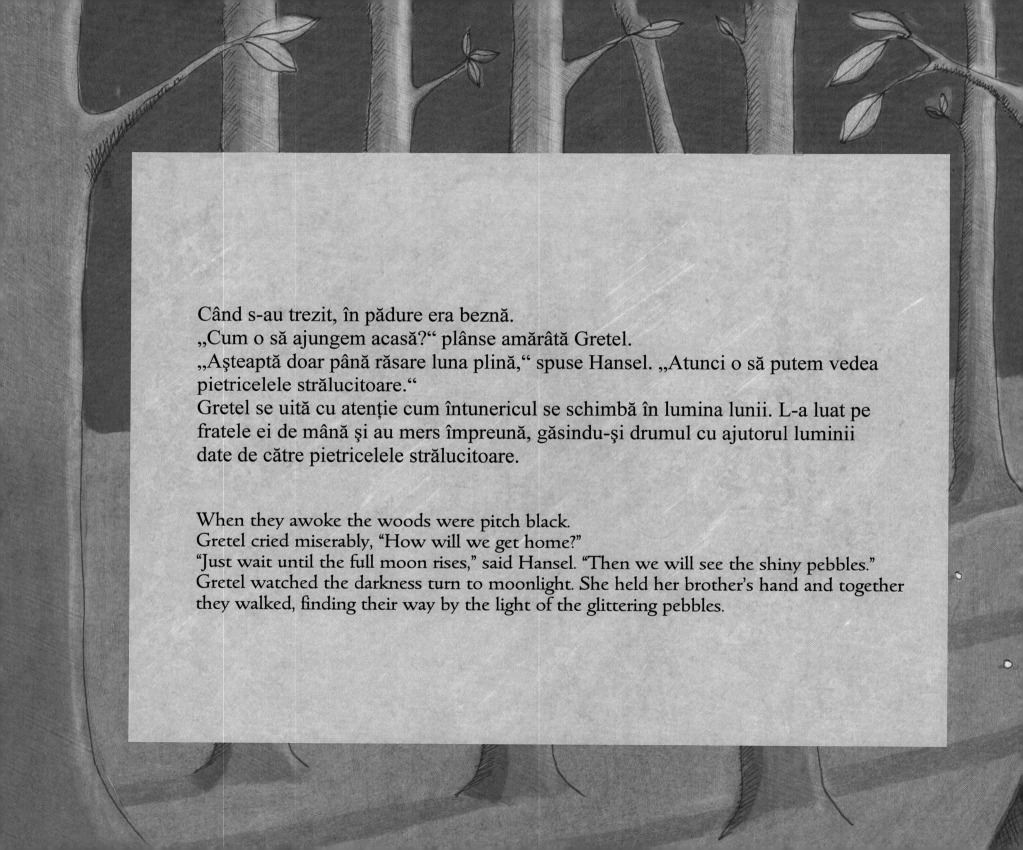

Când s-au trezit, în pădure era beznă.

„Cum o să ajungem acasă?" plânse amărâtă Gretel.

„Aşteaptă doar până răsare luna plină," spuse Hansel. „Atunci o să putem vedea pietricelele strălucitoare."

Gretel se uită cu atenţie cum întunericul se schimbă în lumina lunii. L-a luat pe fratele ei de mână şi au mers împreună, găsindu-şi drumul cu ajutorul luminii date de către pietricelele strălucitoare.

When they awoke the woods were pitch black.

Gretel cried miserably, "How will we get home?"

"Just wait until the full moon rises," said Hansel. "Then we will see the shiny pebbles."

Gretel watched the darkness turn to moonlight. She held her brother's hand and together they walked, finding their way by the light of the glittering pebbles.

Spre dimineață au ajuns la căsuța pădurarului.
Deschizând ușa, mama lor țipă „De ce ați dormit atât de mult
în pădure? Credeam că nu o să mai veniți niciodată acasă."
Ea era furioasă, dar tata lor era fericit. Lui nu i-a plăcut că-i
lăsase singuri.

Timpul a trecut. Dar tot nu era destulă mâncare să hrănească familia.
Într-o noapte Hansel și Gretel au auzit-o pe mama lor zicând, „Copii trebuie să plece.
O să-i ducem mai adânc în pădure. De data asta nu o să mai găsească drumul să iasă
de acolo."
Hansel se strecură jos din pat ca să meargă să adune din nou pietricele, dar de data
asta ușa era încuiată.
„Nu plânge," îi spuse el lui Gretel. „O să mă gândesc eu la ceva. Acuma dormi."

Towards morning they reached the woodcutter's cottage.
As she opened the door their mother yelled, "Why have you slept so long in the woods?
I thought you were never coming home."
She was furious, but their father was happy. He had hated leaving them all alone.

Time passed. Still there was not enough food to feed the family.
One night Hansel and Gretel overheard their mother saying, "The children must go.
We will take them further into the woods. This time they will not find their way out."
Hansel crept from his bed to collect pebbles again but this time the door was locked.
"Don't cry," he told Gretel. "I will think of something. Go to sleep now."

A doua zi, cu bucăți și mai mici de pâine pentru drum, copii au fost duși într-un loc adânc în pădure unde nu mai fuseseră niciodată. Din când în când Hansel se oprea și împrăștia pe jos fărâmituri de pâine. Părinții lor au făcut focul și le-a spus să doarmă. „Noi mergem să tăiem lemne și o să vă luăm când terminăm munca" spuse mama lor.

Gretel a împărțit pâinea ei cu Hansel și amândoi au tot așteptat și așteptat. Dar nu a venit nimeni.

„Când o să răsare luna o să vedem fărâmiturile de pâine și o să găsim drumul spre casă," spuse Hansel.

Luna răsări, dar fărâmiturile dispăruseră. Păsările și animalele pădurii mâncaseră fiecare fărâmitură.

The next day, with even smaller pieces of bread for their journey, the children were led to a place deep in the woods where they had never been before. Every now and then Hansel stopped and threw crumbs onto the ground.

Their parents lit a fire and told them to sleep. "We are going to cut wood, and will fetch you when the work is done," said their mother.

Gretel shared her bread with Hansel and they both waited and waited. But no one came.

"When the moon rises we'll see the crumbs of bread and find our way home," said Hansel.

The moon rose but the crumbs were gone.

The birds and animals of the wood had eaten every one.

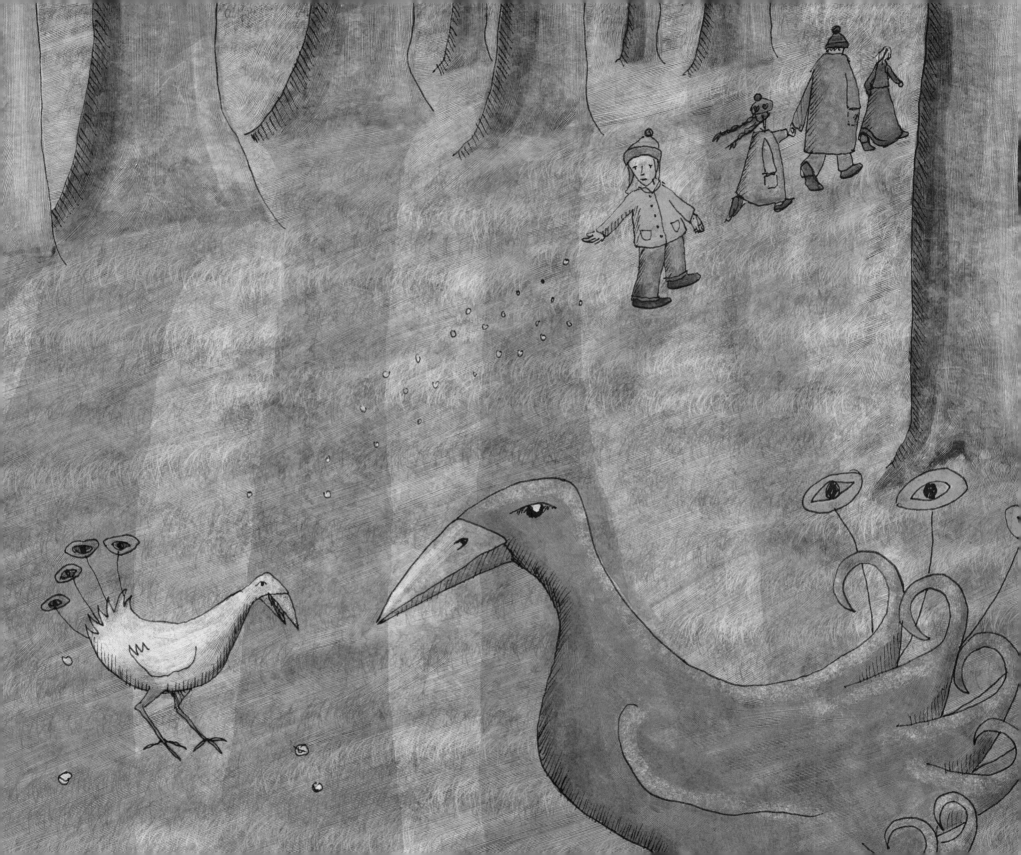

„În curând o să găsim noi o ieşire din sălbăticiunea asta," spuse Hansel.
Copii au căutat prin pădure trei zile. În cele din urmă înfometaţi şi
obosiţi, mâncând doar din fructele pădurii, s-au întins sub un copac
ca să doarmă. Au fost treziţi din somn de către cântecul dulceag al
unei păsări albe-argintii.
Când pasărea a zburat înspre pădure copii au urmat-o până când
au ajuns la cea mai minunată casă pe care au văzut-o vreodată.

"We will soon find our way out of this wilderness," said Hansel.
The children searched the woods for three days. Hungry and tired,
feeding only on berries, at last they lay down under a tree to sleep.
They were awakened by the sweet song of a silver white bird. When the
bird flew off into the forest the children followed, until they reached the
most wonderful house they had ever seen.

The walls were tiled with strawberry tarts,
the roof was made of chocolate hearts.
Around the windows were caramel frames
and the pathway was lined with candy canes.
"Now we can eat!" said Hansel and he bit off
a piece of the roof.
Suddenly, they heard a voice. "Jimney, Jimney,
who's that nibbling at my chimney?"
"It's the wind, it blows right in," they
answered, and went on eating.
All at once the door opened and a strange,
shrivelled woman appeared. Beyond her tiny
spectacles she had blood red eyes.
Hansel and Gretel were so frightened they
dropped their sweets.
"What brought you here, my dears?" she said.
"If it is hunger, then come and see what I
have for you."
She took them by the hand and led them
into her little house.

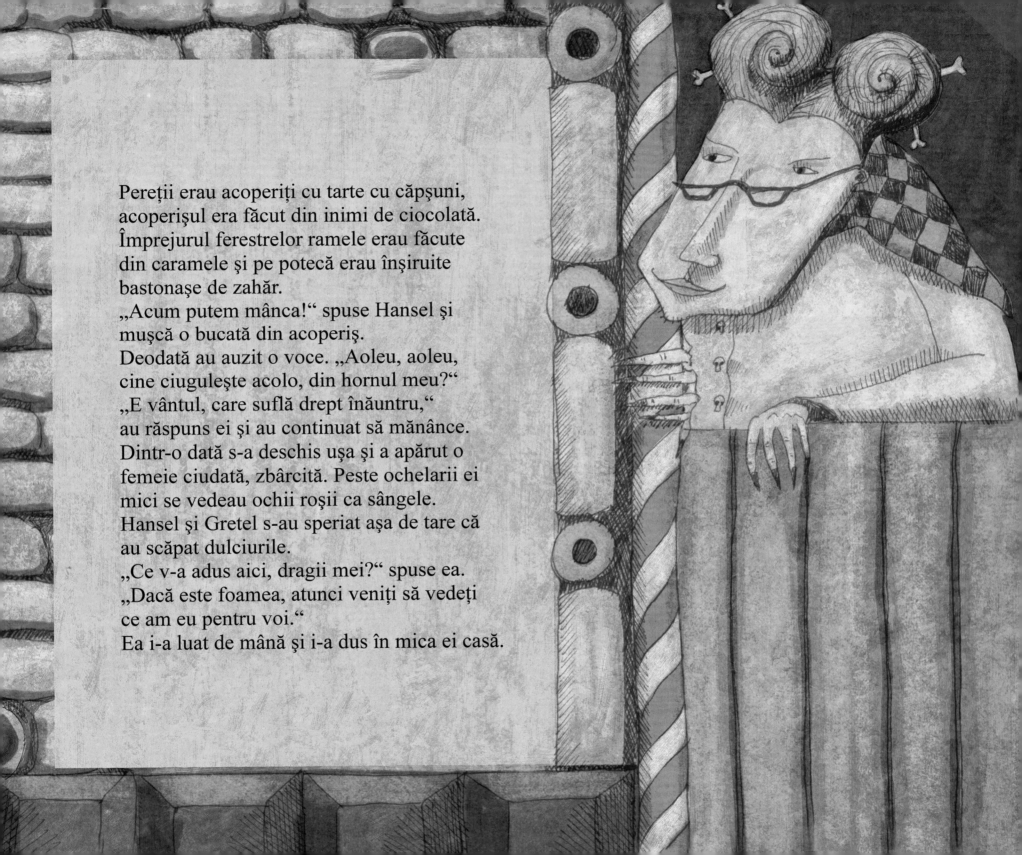

Pereţii erau acoperiţi cu tarte cu căpşuni,
acoperişul era făcut din inimi de ciocolată.
Împrejurul ferestrelor ramele erau făcute
din caramele şi pe potecă erau înşiruite
bastonaşe de zahăr.
„Acum putem mânca!" spuse Hansel şi
muşcă o bucată din acoperiş.
Deodată au auzit o voce. „Aoleu, aoleu,
cine ciuguleşte acolo, din hornul meu?"
„E vântul, care suflă drept înăuntru,"
au răspuns ei şi au continuat să mănânce.
Dintr-o dată s-a deschis uşa şi a apărut o
femeie ciudată, zbârcită. Peste ochelarii ei
mici se vedeau ochii roşii ca sângele.
Hansel şi Gretel s-au speriat aşa de tare că
au scăpat dulciurile.
„Ce v-a adus aici, dragii mei?" spuse ea.
„Dacă este foamea, atunci veniţi să vedeţi
ce am eu pentru voi."
Ea i-a luat de mână şi i-a dus în mica ei casă.

Lui Hansel şi Gretel li s-au dat de mâncare tot felul de bunătăţi! Mere şi nuci, lapte şi clătite unse cu miere.

După asta s-au întins în două pătuţuri acoperite cu aşternut alb şi au dormit de parcă ar fi fost în rai.

Privindu-i cu atenţie femeia zise: „Sunteţi aşa de slabi. Visaţi vise dulci acuma, căci mâine o să înceapă coşmarurile voastre!"

Femeia cea ciudată cu casa bună de mâncat şi cu vederea slabă doar a pretins că este prietenoasă.

Adevărul e, că ea era o vrăjitoare rea!

Hansel and Gretel were given all good things to eat! Apples and nuts, milk, and pancakes covered in honey.

Afterwards they lay down in two little beds covered with white linen and slept as though they were in heaven.

Peering closely at them, the woman said, "You're both so thin. Dream sweet dreams for now, for tomorrow your nightmares will begin!"

The strange woman with an edible house and poor eyesight had only pretended to be friendly.

Really, she was a wicked witch!

Dimineața, vrăjitoarea cea rea l-a apucat pe Hansel şi l-a împins într-o cuşcă.
Prins în capcană şi speriat a strigat după ajutor.
Gretel a venit fugind. „Ce faci cu fratele meu?" a strigat ea.
Vrăjitoarea a râs şi şi-a dat ochii, roşii ca sângele, peste cap. „Îl pregătesc
pentru al mânca" răspunse ea. „Şi tu, copilaşule o să mă ajuți."
Gretel era îngrozită.
A fost trimisă să lucreze în bucătăria vrăjitoarei, unde a pregătit porții
enorme de mâncare pentru fratele ei.
Dar fratele ei refuza să se îngraşe.

In the morning the evil witch seized Hansel and shoved him
into a cage. Trapped and terrified he screamed for help.
Gretel came running. "What are you doing to my
brother?" she cried.
The witch laughed and rolled her blood red eyes.
"I'm getting him ready to eat," she replied. "And you're
going to help me, young child."
Gretel was horrified.
She was sent to work in the witch's kitchen where
she prepared great helpings of food for her brother.
But her brother refused to get fat.

Vrăjitoarea îl vizita pe Hansel în fiecare zi. „Scoate degetul,“ țipă ea, „ca să pot să simt cât ești de durduliu!“
Hansel scoase un iadeș norocos pe care îl ținea el în buzunar.
Vrăjitoarea care nu vedea bine, nu putea să înțeleagă de ce băiatul rămânea numai piele și oase.
După trei săptămâni și-a pierdut răbdarea.
„Gretel adă lemnele și grăbește-te, o să-l punem pe băiatul ăla în oala de gătit“ spuse vrăjitoarea.

The witch visited Hansel every day. "Stick out your finger," she snapped. "So I can feel how plump you are!"
Hansel poked out a lucky wishbone he'd kept in his pocket.
The witch, who as you know had very poor eyesight, just couldn't understand why the boy stayed boney thin.
After three weeks she lost her patience.
"Gretel, fetch the wood and hurry up, we're going to get that boy in the cooking pot," said the witch.

Încetinel, Gretel punea lemne pe focul care încălzea cuptorul.
Vrăjitoarea îşi pierdu răbdarea. ,,Cuptorul ăla trebuie să fie deja gata.
Bagă-te înăuntru să vezi dacă e destul de fierbinte!" ţipă ea.
Gretel ştia exact ce era în mintea vrăjitoarei. ,,Nu ştiu cum" spuse ea.
,,Proastă, fată proastă!" ţipă furioasă vrăjitoarea. ,,Uşa e destul de lată,
chiar şi eu pot să intru înăuntru!"
Şi ca să o dovedească îşi băgă capul complect înăuntru.
Repede ca fulgerul, Gretel a împins-o pe vrăjitoare cu totul în cuptorul
fierbinte. A închis uşa de fier şi a tras zăvorul, şi a fugit la Hansel
strigând: ,,Vrăjitoarea e moartă! Vrăjitoarea e moartă! Ăsta e sfârşitul
vrăjitoarei rele!"

Gretel slowly stoked the fire for the wood-burning oven.
The witch became impatient. "That oven should be ready by now. Get inside and see if it's hot enough!"
she screamed.
Gretel knew exactly what the witch had in mind. "I don't know how," she said.
"Idiot, you idiot girl!" the witch ranted. "The door is wide enough, even I can get inside!"
And to prove it she stuck her head right in.
Quick as lightning, Gretel pushed the rest of the witch into the burning oven. She shut and bolted the iron
door and ran to Hansel shouting: "The witch is dead! The witch is dead! That's the end of the wicked witch!"

Hansel sări din cuşcă ca o pasăre în zbor.

Hansel sprang from the cage like a bird in flight.

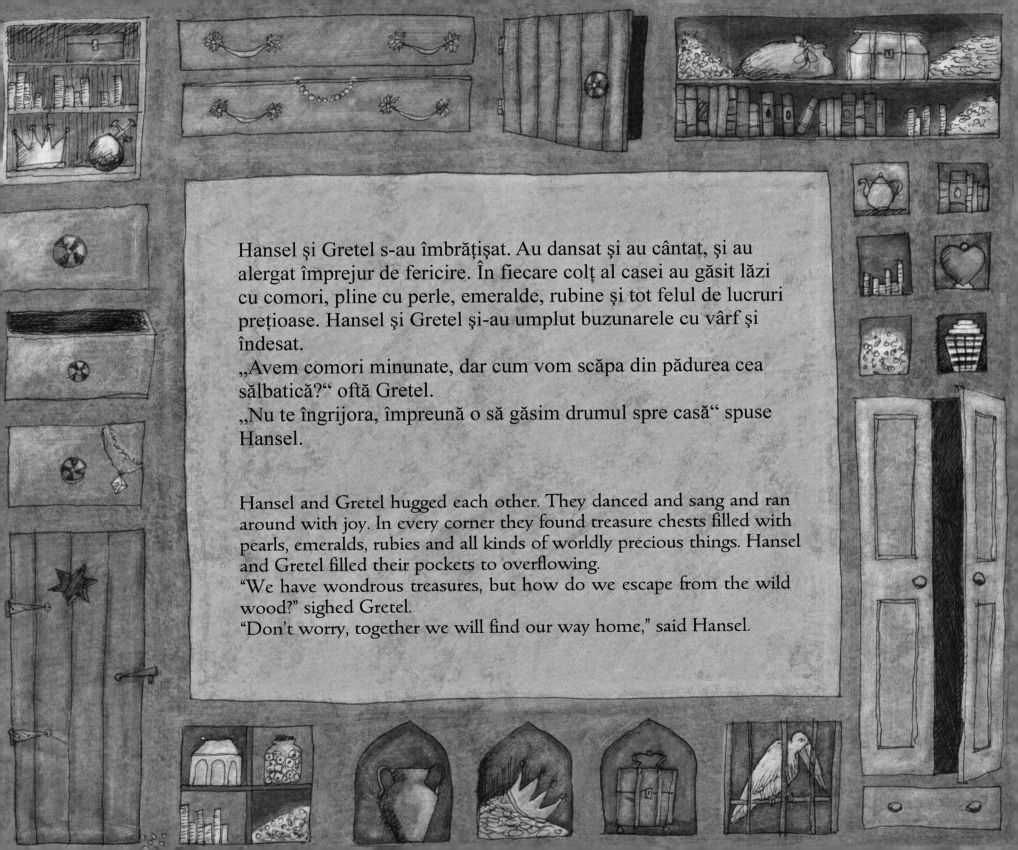

Hansel şi Gretel s-au îmbrăţişat. Au dansat şi au cântat, şi au alergat împrejur de fericire. În fiecare colţ al casei au găsit lăzi cu comori, pline cu perle, emeralde, rubine şi tot felul de lucruri preţioase. Hansel şi Gretel şi-au umplut buzunarele cu vârf şi îndesat.

„Avem comori minunate, dar cum vom scăpa din pădurea cea sălbatică?" oftă Gretel.

„Nu te îngrijora, împreună o să găsim drumul spre casă" spuse Hansel.

Hansel and Gretel hugged each other. They danced and sang and ran around with joy. In every corner they found treasure chests filled with pearls, emeralds, rubies and all kinds of worldly precious things. Hansel and Gretel filled their pockets to overflowing.

"We have wondrous treasures, but how do we escape from the wild wood?" sighed Gretel.

"Don't worry, together we will find our way home," said Hansel.

După trei ore au ajuns la o întindere de apă.

„Nu putem trece" spuse Hansel. „Nu este barcă, nu este pod, este numai apă limpede albastră."

„Uită-te! Peste unde, plutește o rață albă ca zăpada," spuse Gretel. „Poate ea ne va putea ajuta."

Împreună au cântat: „Rățușcă cu aripi albe sclipitoare, tu ne auzi oare, apa e adâncă, apa e lată, tu ne poți trece de partea cealaltă?"

Rața înotă spre ei și cu grijă i-a trecut peste apă, întâi pe Hansel și apoi pe Gretel.

Pe partea cealaltă i-a întâmpinat o lume cunoscută.

After three hours they came upon a stretch of water.

"We cannot cross," said Hansel. "There's no boat, no bridge, just clear blue water."

"Look! Over the ripples, a pure white duck is sailing," said Gretel. "Maybe she can help us."

Together they sang: "Little duck whose white wings glisten, please listen.

The water is deep, the water is wide, could you carry us across to the other side?"

The duck swam towards them and carried first Hansel and then Gretel safely across the water.

On the other side they met a familiar world.

Pas cu pas au găsit drumul înapoi la căsuța pădurarului.
„Suntem acasă!" strigară copii.
Tatăl lor se bucură cu un zâmbet până la urechi. „De când a-ți plecat nu am avut o clipă de fericire," spuse el. „Am căutat peste tot..."

Step by step, they found their way back to the woodcutter's cottage.
"We're home!" the children shouted.
Their father beamed from ear to ear. "I haven't spent one happy moment since you've been gone," he said.
"I searched, everywhere..."

„Și mama?“
„A plecat!“ Când nu a mai rămas nimic de mâncare a plecat de acasă ca o vijelie, spunând că nu am să o mai văd vreodată. Acum suntem doar noi trei.“
„Și pietrele noastre prețioase,“ spuse Hansel băgând mâna în buzunar și scoțând o perlă albă ca zăpada.
„Ei bine,“ spuse tata lor, „se pare că s-au terminat toate problemele noastre!“

"And Mother?"
"She's gone! When there was nothing left to eat she stormed out saying I would never see her again. Now there are just the three of us."
"And our precious gems," said Hansel as he slipped a hand into his pocket and produced a snow white pearl.
"Well," said their father, "it seems all our problems are at an end!"